PARIS
Librairie internationale
15, Boulevard Montmartre

A. LACROIX, VERDOEKHOVEN & Cie
EDITEURS.

Imp. H. Storck, à Lyon.

# Lou Mège de Cucugnan

---

# Le Médecin de Cucugnan

LE
MÉDECIN
DE
CUCUGNAN
PAR
J. ROUMANILLE.
avec
Traduction Française
par
ALPHONSE DAUDET.

# LOU MÈGE DE CUCUGNAN

DE

J. ROUMANILLE

ÉMÉ

la Traducioun Franceso

DE

ANFOS DAUDET

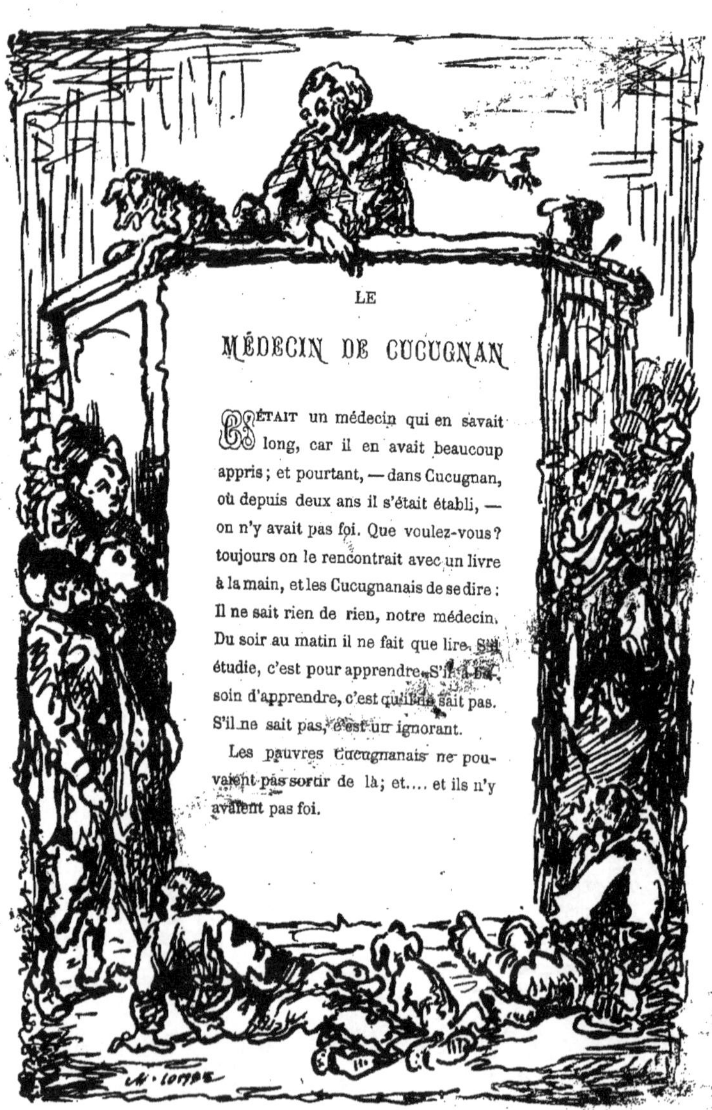

LE

# MÉDECIN DE CUCUGNAN

C'ÉTAIT un médecin qui en savait long, car il en avait beaucoup appris ; et pourtant, — dans Cucugnan, où depuis deux ans il s'était établi, — on n'y avait pas foi. Que voulez-vous ? toujours on le rencontrait avec un livre à la main, et les Cucugnanais de se dire : Il ne sait rien de rien, notre médecin. Du soir au matin il ne fait que lire. S'il étudie, c'est pour apprendre. S'il a besoin d'apprendre, c'est qu'il ne sait pas. S'il ne sait pas, c'est un ignorant.

Les pauvres Cucugnanais ne pouvaient pas sortir de là ; et.... et ils n'y avaient pas foi.

# LOU MÈGE DE CUCUGNAN

ERO un medecin que n'en sabié long, car n'avié forço après; e pamens, dins Cucugnan, ounte, despièi dous an, s'èro establi, i'avien pas fe. Que voulès? toujour lou rescountravon em'un libre à la man, e se disien, li Cucugnanen : Saup rèn de rèn, noste mège ; fèbre-countùnio legis. S'estùdio, es pèr aprendre. S'a besoun d'aprendre, es que saup pas. Se saup pas, es un ignourènt.

Poudien pas se leva d'aqui, e... i'avien pas fe.

Un médecin sans malades est une lampe sans huile. Il faut pourtant la gagner, cette triste vie ; et notre pauvre diable ne gagnait pas même l'eau qu'il buvait.

Il était temps que cela finit.

Un jour, pour en voir la fin, le médecin fit dire dans tout Cucugnan que sa science était si grande, et si puissante, et si souveraine, qu'il se faisait fort, non-seulement de guérir un malade, — ce qui est un jeu d'enfant, — mais encore de ressusciter un mort, ce qui peut se dire un beau miracle de Dieu !

« Et pas même un mort fraîchement mort, disait-il ; mais un mort bien et dûment enterré !... Et je le ressusciterai quand on voudra, en plein jour, en plein cimetière, devant tous ! »

Un mège sènso malaut es un calèu sènso òli. Fau pamens gagna la vidasso, e noste paure mesquin gagnavo pas l'aigo que bevié!

Ero tèms, certo, qu'acò finiguèsse. Un jour, pèr n'en vèire la fin, faguè dire dins tout Cucugnan que sa sciènci èro tant grando, e tant pouderouso, e tant soubeirano, qu'èro capablo, noun soulamen de gari un malaut, — ço qu'es un jo d'enfant, mai de ressuscita'n mort,— ço que pòu se dire un bèu miracle de Diéu! — Eto-mai, un mort, disié, mort e entarra!... E lou ressuscitarai quand voudran, en plen jour, en plen cementèri, davans tòuti!

Ah! il n'y en eut guère dans Cucugnan pour le croire!

Pourtant les incrédules se disaient : Que risquons-nous de le mettre à l'épreuve? Il faut le voir à l'œuvre. Il peut réussir; c'est un homme qui a tant fait de lectures! et il se fait de si belles inventions aujourd'hui!.. Bah! allons-y toujours. S'il fait le miracle, nous battrons des mains; s'il le manque, nous lui jetterons des pierres. Qu'il en ressuscite seulement le bout d'un, c'est là qu'on va voir s'il a tété du bon lait.

Va pour le miracle!... Il fut convenu què, le dimanche suivant, à midi précis, M. le médecin en plein cimetière de Cucugnan, ressusciterait un mort, deux au besoin. Il y eut même des femmes pour dire neuf ou dix!

Ah! n'i'aguè gaire que lou creiguèron! Lis incredule, pamens, se disien : Que riscan de lou metre à l'esprovo ? Fau lou vèire à l'obro : à l'obro se recounèis l'òubrié. Pòu réussi : es un ome qu'a tant legi!... E se fai tant de bèllis envencioun à l'ouro dóu jour d'uei... Hòu! pièi, se fai lou miracle, picaren di man ; se lou manco, ie faren la bramado. Que n'en ressuscite un, es aqui que veiren s'a teta de bon la.

Basto! fuguè counvengu que, lou dimenche venènt, à miejour sounant, Moussu lou mège, en plen cementèri de Cucugnan, devié ressuscita'n mort, dous se falié. I'aguè meme de femo que diguèron ùni nòu o dès!

Donc, bien avant l'heure dite, le dimanche en question, le cimetière fut plein, comme l'église à la messe le beau jour de Pâques. La réplique de midi n'avait pas encore sonné que M. le médecin, fidèle à sa promesse, arriva, de noir tout vêtu. Il eut quelque peine et fut obligé de jouer des coudes pour arriver jusqu'à la croix et monter sur le piédestal.

Une fois là, il salua, toussa, cracha, et :

— Mes amis, dit-il, je vous ai promis de ressusciter un mort, je tiendrai parole. J'en lève la main. Voyons ! un peu de silence... Il m'est aussi facile, je vous le dirai, de ressusciter Jacques ou Jean, que Nanon ou Babeau, que Claude ou Simon... Voulez-vous que je

Dounc, bèn avans l'ouro dicho, aquéu Dimenche, lou cementèri siegué plen, coume la glèiso à la messo dóu bèu jour de Pasco. Lou repli de miejour avié panca souna que Moussu lou mège, fidèle à sa proumesso, arribè, de negre tout vesti. Aguè proun peno e jouguè proun di couide pèr se faire un camin vers la crous e uno plaço sus soun pedestau...

Aqui, saludè, s'escurè, e :

— Mis amis, faguè, vous ai proumés de ressuscita 'n mort : tendrai paraulo. N'en lève la man. Vejan! e silènci... M'es pamai defecile, vous dirai, de reveni Jaque o Jan, que Nanoun o Babèu, que Glaude o Simoun... Voulès

ressuscite... Simon?... Comment lui disiez-vous?... Simon.. Simon Cabanié, qui est mort d'une mauvaise pleurésie, voilà bientôt un an.

— Excusez, monsieur le mire, fit alors Catherine, veuve du pauvre Simon. C'était bien sûr un brave homme qui faisait mon bonheur, et que je pleurerai tant que Dieu me gardera les yeux de la tête! Mais, ne le ressuscitez pas, voyez-vous, car, vienne la fin du mois, je vais quitter le deuil... vu qu'on veut me marier avec le long Pascal. D'aujourd'hui en huit on publie les bans, premier et dernier... J'ai déjà reçu les présents, ainsi...

— Vous faites bien de me le dire, Catherine. Eh bien, alors, si nous ressuscitions Nanon la Rousse, enterrée le beau jour de la Chandeleur.

que vous ressuscite... Simoun? Coume ie disias?. Simoun Cabanié.. qu'es mort d'un marrit plevèsi, i'aura lèu un an?

— Escusas, Moussu lou mège, diguè Catarino, véuso dóu paure Simoun. Èro segur un brave ome, fasié moun bonur, e lou plourarai tant que Diéu me gardara lis iue de la tèsto! mai, lou ressuscités pas, vesès, car, vèngue la fin dóu mes, quitarai lou dòu... que me volon marida emé lou long Pascau. De vuei en vue fan li crido, — proumié, darrié. — Ai reçaupu li present.

— Ah! que fasès bèn de me lou dire, Catarino!... E bèn! alor, se ressuscitave Nanoun Péu-rouge, qu'entarrèron lou bèu jour de la Candelouso?

— Gardez-vous-en bien, monsieur le mire, cria Jacques Lamèle. Nanon était ma femme. Nous sommes restés dix ans ensemble, dix ans de purgatoire, tout Cucugnan le sait. Que Nanon reste où elle est pour son repos et pour le mien. Un pique-poivre, monsieur, têtue comme une mule, et vaniteuse, et souillon avec ça; puis les mains trouées, et une langue! une langue de serpent, monsieur, à faire battre la sainte Vierge avec saint Joseph. Et... je ne dis pas tout.

— Pourtant, mon ami...

— Excusez si je vous coupe, monsieur le mire... femme morte, chapeau neuf! Comme Nanon m'avait laissé trois petits — qui par parenthèse ne ressemblent guère à leur père — et comme j'avais

— Gardas-vous n'en bèn, Moussu lou mège, cridè Jaque Lamelo, Nanoun èro ma femo! Sian resta dès an ensèn, dès an de purgatòri, tout Cucugnan lou saup. Que Nanoun rèste ounte èi, pèr soun repaus e pèr lou miéu. Un pico-pebre, Moussu! testardo coume un ase, e vanelouso, e garrouio, e chaupiasso, em'acò pièi li man traucado, em'uno lengo! uno lengo de serp, Moussu, qu'aurié fa batre la Santo Vierge emé Sant Jòusè! E... dise pas tout!

— Mai pamens... mis ami...

— Escusas se vous coupe, Moussu lou mège... Femo morto, capèu nòu: coume Nanoun me leissè tres piéutoun, que segur sèmblon pas soun paire, e

toute cette marmaille sur les bras, je me suis remarié. Il est donc bien inutile...

— Bien, bien, je comprends. Il est clair que ta maison serait un véritable enfer pour toi si tu avais deux femmes. Une, c'est bien assez, et de reste!... Eh bien, alors, je ressusciterai...— car, finalement, il faut bien en ressusciter un... Tenez, le brave maître Pierre.

— Maître Pierre du Mas-Viel? demanda Félix Bonne-Poigne.

— Lui même, maître Pierre du Mas-Viel.

— Ah! mon pauvre père!... Que Dieu le repose, monsieur le mire!... Un saint homme, bien sûr... Ne le ressuscitez pas; que s'il revenait à la vie, il trouverait pas mal de gâchis dans nos

coume, lou coumprenès, lis aviéu sus li bras, me siéu remarida. Es dounc fort inutile...

— Vai bèn. Coumprene. Es clar que sarié veritablamen un orre martire pèr tu s'aviés dos femo dins toun oustau. N'i'a proun d'uno! e de rèsto!... E bèn! alor, ressuscitarai,— car, finalamen, fau n'en reviéuda un... tenès, lou brave Mèste Pèire.

— Mèste Pèire dóu Mas-vièi? diguè Fèli Bono-Pougno.

— Éu-meme.

— Ah! moun paure paire!... Que Diéu lou repause, Moussu lou mège!... Un sant ome, segur. Lou ressuscitessias pas, que, se tournavo en vido, atroubarié proun emboui dins nòstis

affaires, et cela lui crèverait le cœur: lui qui, pécairé! aimait tant nous voir d'accord! Nous nous sommes, après force coups de poing, et un gros procès, et à tire-cheveux, partagé quelques petits lopins de terres, par-ci par-là! Nous sommes six, quatre garçons et deux filles. Nous avons tous quantité d'enfants, et chacun tire de son bout, et tâche d'amener toute l'eau à son moulin; et il n'y en a pas de bien calé dans la famille!

— Ce n'est donc pas possible... de...?

— Eh! non... si vous nous le ressuscitiez, il faudrait faire entre tous une pension au pauvre vieux, rien de plus juste. Mais les années sont si mauvaises, monsieur le mire! Vous le savez, les magnans ne font rien, ou plutôt si, ils

afaire, e n'en aurié lou cor tranca, éu que, pechaire! amavo tant de nous vèire d'acord! Nous sian parteja, après proun batèsto, e un gros proucès, e à tiro-péu, quàuqui pichot tros de terro, aperaqui. Sian sièis, quatre drole e dos chato. Avèn tóuti forço enfant, e cadun tiro de soun bout, e viro l'aigo à soun moulin; e i'a res de bèn drut, boutas! dins la famiho...

— Sara dounc pas poussible...?

— Perdoun... Se nous lou ressuscitavias, faudrié faire, entre tóuti, uno pensioun au paure vièi, rèn de plus juste. Mai, lis annado soun tant marrido, Moussu lou mège! Lou sabès, li magnan fan de chico, se fan quicon; li vigno an

font quelque chose, ils meurent. Les vignes ont le mal, les blés ne vont pas, les olives ont le ver, il ne pleut pas, la garance se donne...

— Eh bien, soit... nous laisserons maître Pierre dans son repos. Mais, comme ici je ne suis pas venu pour enfiler des perles et vous tous pour me les voir enfiler, je vais ressusciter... voyons, qui?

— Gatoune! rendez-moi ma pauvre Gatoune! crie alors une brave femme tout en larmes.

— Non! non! monsieur le mire, n'en faites rien, interrompt vivement une jeune fille... Ah! ma belle vierge, que tu as bien fait de mourir!.. Avant de mourir, tu m'avais tout raconté... Et puis nous te mîmes ta robe blanche et

lou mau, li blad n'an rèn fa, lis oulivo an lou verme, plòu pas, la garanço se douno...

— E bèn ! siegue ! leissaren dourmi Mèste Pèire. — Mai, coume eici siéu pas vengu pèr enfiela de perlo, e tòuti vous, pèr me regarda faire, reviharai... Quau voulès que vous revihe?

— Gatouno ! revihas-me ma Gatouno ! crido alor uno bravo femo en plourant coume uno Madaleno.

— Noun ! noun ! Moussu lou Dòutour, dis uno chato. Ah ! ma bello vierge, qu'as bèn fa de mouri !... Avans de mouri me diguè tout... E ie meteguerian piei sa raubo blanco, e de flour sus la tèsto !... semblavo uno nòvio. En terro santo leissas-la, car em'uno autro vèn de se rauba soun amaire !

des fleurs sur ta tête... tu avais l'air d'une mariée... Reste où tu es, pauvre Gatoune, reste en terre sainte, car celui que tu aimais vient de s'enfuir avec une autre.

— Ah! ça, mais en définitive, tout ceci commence à m'ennuyer. Je vais, pour en finir, réveiller le Bésuquet, qui a avalé sa langue voilà une quinzaine, en mangeant de la merluche.

— Je ne veux pas, moi, je ne veux pas! cria Louiset Coq-Galine, les deux bras en l'air. Le Bésuquet m'avait vendu sa vigne et son mazet à fonds perdus. J'ai payé plus que la valeur, dix ans de suite, en beaux écus blancs, et jamais un sou de manque. Il me faudrait encore lui payer sa pension? Ça ne serait pas juste, voyons, monsieur le mire!

— Pauro, pauro Gatouno!... Vesès, tout acò me vèn en òdi. Vau finalamen reviha lou Besuquet, qu'avalè sa lengo en manjant de merlusso, i'a'no mesado?

— Vole pas, iéu, vole pas! cridè Louviset Gau-galin, li dous bras en l'èr! M'avié vendu sa vigno e soun maset à founs perdu. I'ai paga mai que sa valour, dès an a-de-rèng,— en bèus escut blanc, e i'a jamai manca 'n sòu. Me faudrié tourna-mai ie paga sa pensioun? Sarié pas juste, Moussu lou mège!

— Me n'en diras tant!... E bèn! siegue! .. Vejan! n'en sabe un que mouriguè, leissant ni femo ni enfant, ni fraire ni sorre, mai l'eisèmple de tòuti

— Vous m'en direz tant !.. Eh bien! soit... Voyons! J'en sais un qui est mort et n'a laissé ni femme ni enfants, ni frère ni sœur, mais l'exemple de ses vertus et ses quatre sous à votre hôpital... Votre bon curé, que vous aimiez tant et que vous avez tant pleuré, voulez-vous que je le ressuscite?

— Non! non! crièrent une d'ici, l'autre de là, quelques vieilles dévotes du gros grain. Non! non! monsieur le mire...

Et misé Rousseline, la mère de la congrégation, ajouta:

— Ah! le pauvre cher homme! comme il était vieux! et sourd, sourd comme un pot!.. tellement qu'à confesse, quand on lui parlait figue, il vous répondait raisin... Laissons-le dans la gloire de

li vertu, e si quatre sòu à voste espitau : vòste bon Curat, quê tant vous amavo e que plourerias tant! — Se lou ressuscitavian!

— Ah! noun! noun! cridèron, uno d'eici, l'autro d'eila, quàuqui devoto dou gros grun. Noun! noun! Moussu lou mège!...

— Dóumaci, fai Misè Rousselino, maire de la coungregacioun... dóumaci èro vièi, ah! paure! e sourd coume un toupin, bèn tant que... quand me counfessave, se ie parlave figo, me respoundié rasin. Leissas-lou dins la glòri de Diéu; car pièi, avèn aro un curat qu'es jouine e qu'a bon biais; es brave coume un sòu! E canto coume uno ourgueno,

Dieu ; nous avons pour le remplacer un gentil petit curé qui est jeune et a fort bonne mine... Il est brave comme un sou, notre curé de maintenant ! Il chante aussi bien que les orgues, prêche comme un séraphin, et mène sa barque comme il faut.

— Que voulez-vous que je vous dise ?.. Puisqu'il en est ainsi, voyons ailleurs. Tenez, voici devant nous une petite croix de bois : on dirait que la folle herbe verte et les jolis colimaçons d'argent ont voulu de cette croix cacher la triste couleur noire, tant il y a de colimaçons dessus, et d'herbes fleuries tout autour... C'est la tombe d'un enfant de lait. Il avait dix mois quand il est mort ; l'écriteau le dit. Ce serait péché bien sûr de le ressusciter ; il est si

predico coume un serafin, e meno sa barco coume se dèu...

— Que vous dirai ?... Pèr qu'acò's ansin, viren-nous d'un autre caire. Vese, aqui-davans, uno pichoto crous de bos : dirias que l'erbo flourido e li blanc cacalausoun an vougu n'escoundre la tristo coulour negro, tant de pertout cacalausoun se ie soun empega, e tant à soun entour à bèn grandi e flouri l'erbo. Es lou cros d'un enfant de la. Avié dès mes quand mouriguè : l'escritèu lou dis. Sarié pecat segur de lou ressuscita : es tant urous d'èstre mort, de pas viéure dins un mounde ounte s'ausis... ço que me disès, mis

heureux d'être mort, de ne pas vivre dans un monde égoïste et lâche, où l'on entend... ce que vous me dites, mes amis! Si pourtant vous voulez que je le revienne, eh bien! je le reviendrai.

— Monsieur le mire, fait alors une pauvre vieille en pleurant, ce petit mort est à nous, hélas! et c'est moi qui suis sa grand'mère. Ma fille lui donnait encore le sein, et il était en train de trouer ses dents de l'œil, quand pécairé! il est mort. Ah! si vous aviez vu comme il était joli, notre petiot! Dieu nous l'a pris; eh bien! soit faite sa volonté!... Voyez-vous, à présent, nous en avons un autre qui tette. Dieu fait bien ce qu'il fait et rend d'une main ce qu'il nous prend de l'autre. Ne le res-

ami ! Se pamens voulès que lou revèngue, tambèn lou revendrai.

— Moussu lou Dóutour, fai alor uno pauro vièio en plourant, aquéu pichot mort es nostre, ai ! las ! e siéu sa grand. Ma fiho l'avié panca desmama, e traucavo si dènt de l'iue, quand, pecaire ! mouriguè. Ah ! s'avias vist coume èro bèu, noste nistoun ! Diéu nous l'a pres e bèn ! siegue facho sa voulounta !. . Vesès, aro n'avèn un autre que teto. Diéu fai bèn ço que fai, e rènd pièi d'uno man ço que nous pren de l'autro. Lou reviéudes pas que poudrian pas n'en nourri dous, e sian trop paure pèr lou metre en bailo.

suscitez pas : nous n'avons pas assez de lait pour en nourrir deux et nous sommes trop pauvres pour le mettre en nourrice.

Alors le médecin :

— Assez pour aujourd'hui, dit-il. Puisque vous ne voulez pas me laisser faire le miracle à présent, je le ferai un autre jour, non en ressuscitant un trépassé, ce que vous ne voulez pas me permettre, mais en vous empêchant de mourir. Salut !

Et il s'en alla.

ALOR lou mège :

— N'i'a proun pèr aro, diguè. D'abord que voulès pas que fague vuei lou miracle, assajarai de lou faire un autre jour, noun en ressuscitant un trespassa, car m'es veritablamen impoussible, lou vesès, mai en aparant la vido agarrido pèr la mort. Adessias.

E s'esbignè.

Ai-je besoin de vous le dire? Depuis ce dimanche marquant, notre médecin fit des miracles dans Cucugnan! Il ne ressuscita pas les morts, mais sauva la vie à plus d'un. Les Cucugnanais y eurent grand'foi. « Car enfin, disaient ces braves gens, s'il n'a pas tenu sa parole au cimetière, c'est nous qui l'en avons empêché. »

L'histoire finit là. Elle finit bien, comme vous voyez.

QUAU vous a pas di que, despièi aquéu Dimenche marcant, noste mège faguè de miracle dins Cucugnan! Ressuscitè pas li mort, mai sauvè la vido à mai que d'un. Li Cucugnanen i'aguèron grando fe, car enfin, disien, se tenguè pas sa proumesso au cementèri, es pièi pas éu, fau èstre juste, que n'en faguè l'encauso.

Em'acò bello finido.

# Lou Colera

---

# Le Choléra

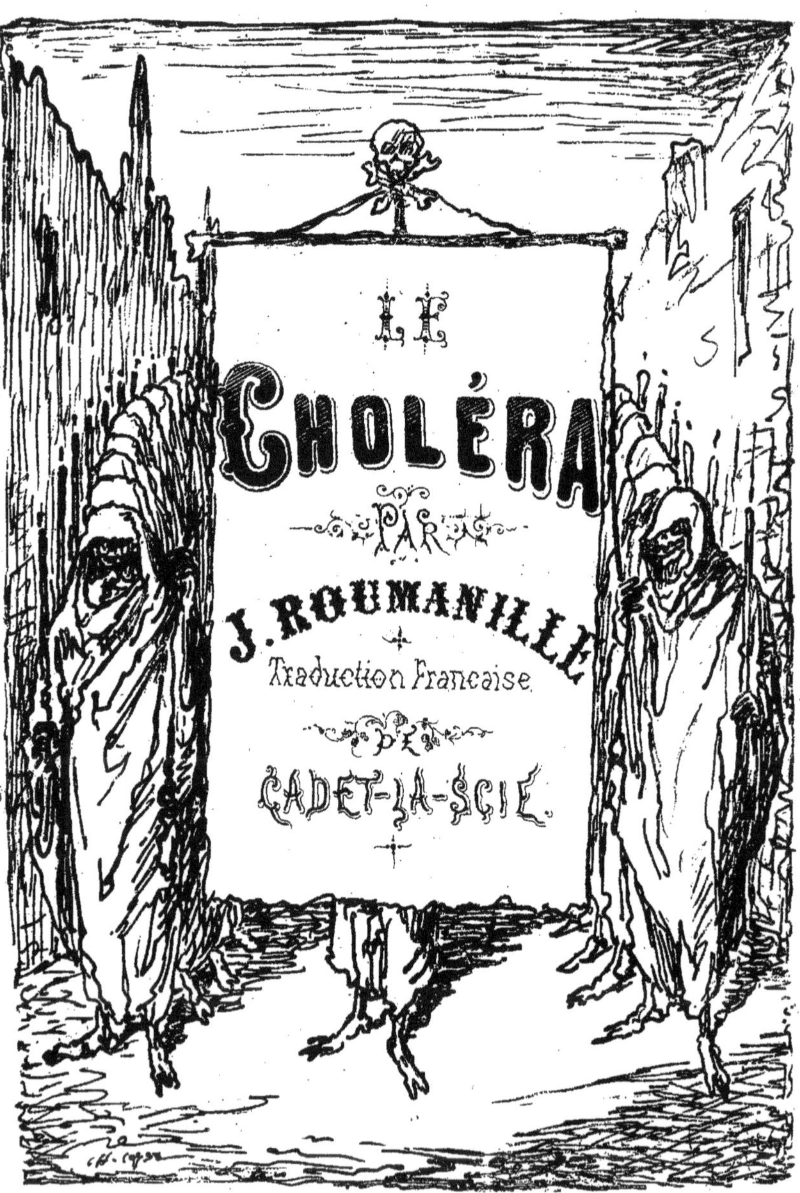
LE
CHOLÉRA
PAR
J. ROUMANILLE
Traduction Française
DE
CADET-LA-SCIE

LOU
COLÈRA
DE
J. ROUMANILLE
Émé
la Traducioun Franceso
DE
Cadet-la-Rèsso.

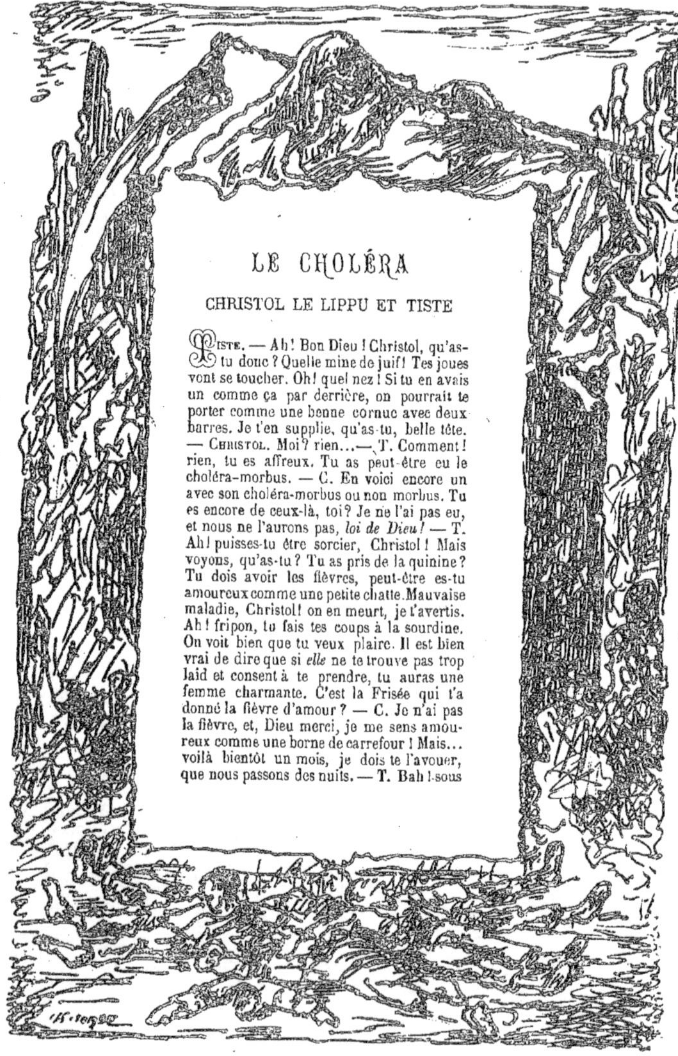

# LE CHOLÉRA

## CHRISTOL LE LIPPU ET TISTE

Tiste. — Ah! Bon Dieu! Christol, qu'as-tu donc? Quelle mine de juif! Tes joues vont se toucher. Oh! quel nez! Si tu en avais un comme ça par derrière, on pourrait te porter comme une benne cornue avec deux barres. Je t'en supplie, qu'as-tu, belle tête. — Christol. Moi? rien...— T. Comment! rien, tu es affreux. Tu as peut-être eu le choléra-morbus. — C. En voici encore un avec son choléra-morbus ou non morbus. Tu es encore de ceux-là, toi? Je ne l'ai pas eu, et nous ne l'aurons pas, *loi de Dieu!* — T. Ah! puisses-tu être sorcier, Christol! Mais voyons, qu'as-tu? Tu as pris de la quinine? Tu dois avoir les fièvres, peut-être es-tu amoureux comme une petite chatte. Mauvaise maladie, Christol! on en meurt, je t'avertis. Ah! fripon, tu fais tes coups à la sourdine. On voit bien que tu veux plaire. Il est bien vrai de dire que si *elle* ne te trouve pas trop laid et consent à te prendre, tu auras une femme charmante. C'est la Frisée qui t'a donné la fièvre d'amour? — C. Je n'ai pas la fièvre, et, Dieu merci, je me sens amoureux comme une borne de carrefour! Mais... voilà bientôt un mois, je dois te l'avouer, que nous passons des nuits. — T. Bah! sous

# LOU COLERA

## CRISTOU LOU BÈFI, E TISTO

TISTO. — Boudiéu, Cristòu! mai qu'as? Queto caro de jusiòu! Tout-aro ti gauto se tocon. Oh! que nas! Se n'aviés un autre coume acò de-pèr-darrié, te poudrien pourta coume un cournudoun, emé dos barro... Mai qu'as, bello tèsto? — CRISTÒU. Iéu? ai rèn... — T. Coume! as rèn! E fas pòu! As belèu agu lou colera-morbus. — C. Veleici mai, aquest, emé soun colera-morbus e pas morbus! .. Sies mai d'aquéli, tu? L'ai pas agu, e vai! l'auren pas, lèi de Dieu! — T. Ah! basto devinèsses, Cristòu!.. Mai de-qu'as? As pres lou quina? Dèves avé li fèbre, o bessai sies amourous coume uno cato Marrit mau, Cristòu! Se n'en mor, t'avertisse.... Ah! couquinot, fas ti cop sourne. Se vèi bèn que vos agrada.... Es proun verai de dire que, se t'atrovo pas trop laid e se vòu, auras uno galanto femo! Es la Frisado que t'a douna la fèbre d'amour?... — C. Ai pas la fèbre; siéu pas mai amourous qu'un buto-rodo, — moun Diéu, vous rènde gràci! Mai... i'a tout-aro un mes, fau te dire, que passe de niue... — T. Hoi!... Souto sa fenèstro? — C. De quau?

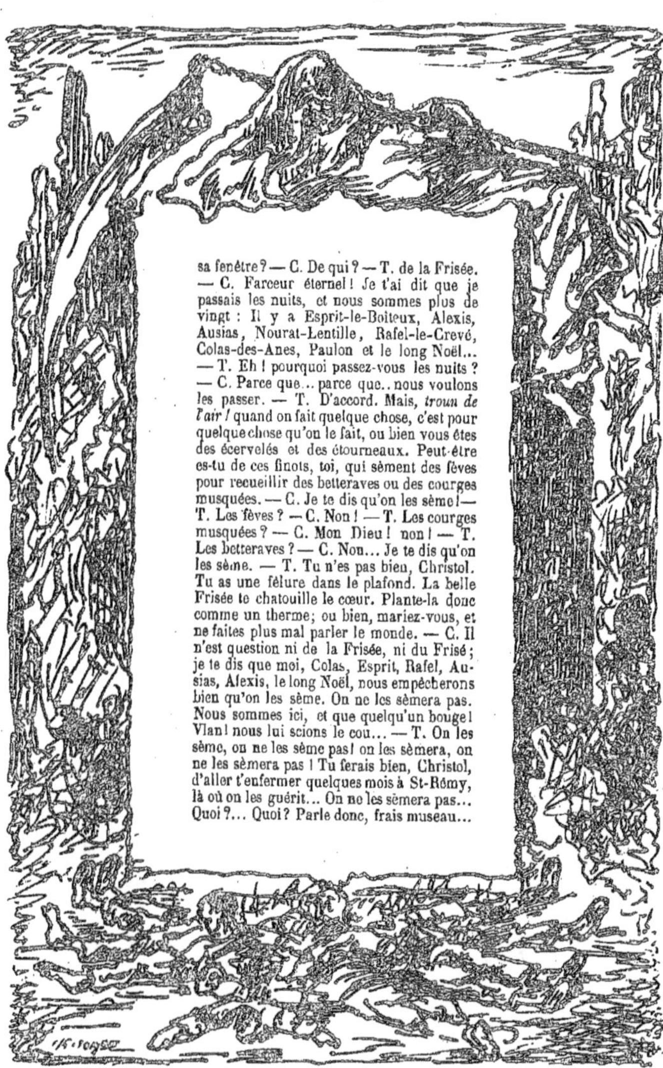

sa fenêtre ? — C. De qui ? — T. de la Frisée. — C. Farceur éternel ! Je t'ai dit que je passais les nuits, et nous sommes plus de vingt : Il y a Esprit-le-Boiteux, Alexis, Ausias, Nourat-Lentille, Rafel-le-Crevé, Colas-des-Anes, Paulon et le long Noël... — T. Eh ! pourquoi passez-vous les nuits ? — C. Parce que... parce que.. nous voulons les passer. — T. D'accord. Mais, *troun de l'air !* quand on fait quelque chose, c'est pour quelque chose qu'on le fait, ou bien vous êtes des écervelés et des étourneaux. Peut-être es-tu de ces finots, toi, qui sèment des fèves pour recueillir des betteraves ou des courges musquées. — C. Je te dis qu'on les sème ! — T. Les fèves ? — C. Non ! — T. Les courges musquées ? — C. Mon Dieu ! non ! — T. Les betteraves ? — C. Non... Je te dis qu'on les sème. — T. Tu n'es pas bien, Christol. Tu as une fêlure dans le plafond. La belle Frisée te chatouille le cœur. Plante-la donc comme un therme ; ou bien, mariez-vous, et ne faites plus mal parler le monde. — C. Il n'est question ni de la Frisée, ni du Frisé ; je te dis que moi, Colas, Esprit, Rafel, Ausias, Alexis, le long Noël, nous empêcherons bien qu'on les sème. On ne les sèmera pas. Nous sommes ici, et que quelqu'un bouge ! Vlan ! nous lui scions le cou... — T. On les sème, on ne les sème pas ! on les sèmera, on ne les sèmera pas ! Tu ferais bien, Christol, d'aller t'enfermer quelques mois à St-Rémy, là où on les guérit... On ne les sèmera pas... Quoi ?... Quoi ? Parle donc, frais museau...

— T. De la Frisado... — C. Saras dounc toujour un galejaire? T'ai di que passave li niue, e sian mai de vint : i'a Esperit lou goi, Alèssi, Ausias, Nourat lou lentihous, Rafèu lou creba, Coulau dis Ase, Pauloun, lou long Nouvè.... — T. E perqué passas li niue? — C. Dóumaci.... dóumaci voulèn li passa. — T. Dise pas lou countràri. Mai, tron de l'èr! quand fasès quaucarèn, es pèr quaucarèn que lou fasès, o bèn sias de bartavèu e de tuerto-bàrri. Sies bessai d'aquéli finocho, tu, que samenon de favo pèr recueie de blet o de coucourdo muscado.... — C. Te dise que li samenon! — T. Li favo? — C. Noun. — T. Li coucourdo muscado? — C. Ehèi! noun! — T. Li blet? — C. Noun!... Te dise que li samenon. — T. Sies pas bèn, Cristòu! as un asclo à la cabosso. La bello Frisado te gatiho lou cor. Planto-l'aqui coume un terme; o bèn, maridas-vous, e fagués plus desparla li gènt. — C. Iéu te parle pas de la Frisado nimai dóu Frisa. Te dise que iéu, Coulau, Nouvè, Rafèu, Ausias, Alèssi, lou long Nouvè..., empacharen bèn que li samenon. Li samenaran pas! Çai sian, e que n'i'ague un que boulegue! Se ie rassan pas lou còu!.... — T. Li samenon, li samenon pas! li samenaran, li samenaran pas!... Fariés bèn, Cristòu, d'ana t'embarra quàuqui mes à Sant-Roumié, ounte li ga-

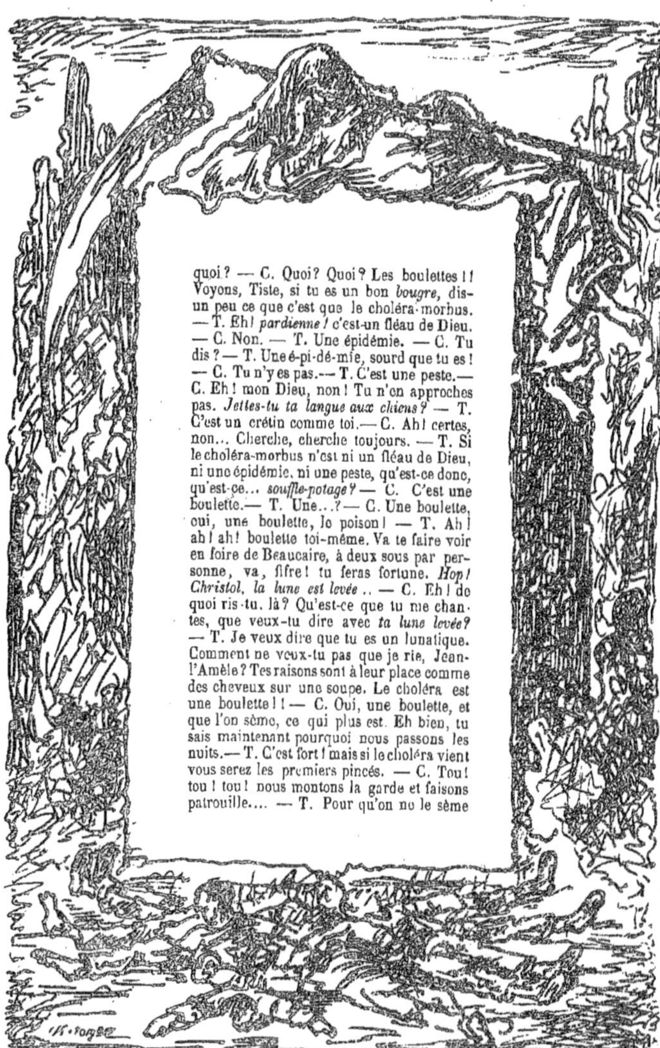

quoi? — C. Quoi? Quoi? Les boulettes!! Voyons, Tiste, si tu es un bon *bougre*, dis-un peu ce que c'est que le choléra-morbus. — T. Eh! *pardienne!* c'est-un fléau de Dieu. — C. Non. — T. Une épidémie. — C. Tu dis? — T. Une é-pi-dé-mie, sourd que tu es! — C. Tu n'y es pas. — T. C'est une peste. — C. Eh! mon Dieu, non! Tu n'en approches pas. *Jettes-tu ta langue aux chiens?* — T. C'est un crétin comme toi. — C. Ah! certes, non... Cherche, cherche toujours. — T. Si le choléra-morbus n'est ni un fléau de Dieu, ni une épidémie, ni une peste, qu'est-ce donc, qu'est-ce... *souffle-potage?* — C. C'est une boulette. — T. Une...? — C. Une boulette, oui, une boulette, le poison! — T. Ah! ah! ah! boulette toi-même. Va te faire voir en foire de Beaucaire, à deux sous par personne, va, fifre! tu feras fortune. *Hop! Christol, la lune est levée..* — C. Eh! de quoi ris-tu, là? Qu'est-ce que tu me chantes, que veux-tu dire avec *ta lune levée?* — T. Je veux dire que tu es un lunatique. Comment ne veux-tu pas que je rie, Jean-l'Amèle? Tes raisons sont à leur place comme des cheveux sur une soupe. Le choléra est une boulette!! — C. Oui, une boulette, et que l'on sème, ce qui plus est. Eh bien, tu sais maintenant pourquoi nous passons les nuits. — T. C'est fort! mais si le choléra vient vous serez les premiers pincés. — C. Tou! tou! tou! nous montons la garde et faisons patrouille.... — T. Pour qu'on ne le sème

rissou. Li samenaran pas.... de-que? parlo, barjofresco, de-que?..—C. De-que? li globe!..Veguen, Tisto, se sies un bon bougre, digo-me'n pau ço qu'es lou colera-morbus. — T. Pardinche! es un flèu de Diéu. — C. Acò's pas acò. — T. Es uno epidemio. — C. Coume as di? — T. U-no e-pi-de-mi-o, sourdin! — C. Ie sies pas. — T. Es uno pèsto. — C. Ah! pas mai, n'en brules pancaro. As proun manja de favo? — T. Es un viedase coume tu! — C. Ah! pas mai!... Cerco que cercaras! — T. Se lou colera-morbus es pa'n flèu de Diéu, uno epidemio, uno pèsto, de-qu'es, que, boufo-lesco? — C. Es un globe. — T. Un?... — C. Un globe, o, un globe... la pouisoun. — T. Ah! ah! ah! n'en sies un Lèu de globe, tu! Vai-te faire vèire en fiero de Bèu-caire, dous sòu per persouno, vai, frestèu! faras fourtuno! *Hòu, Cristòu, la luno es levado....* — C. Eh! que rises, aqui? que cantes? Que vos dire, emé ta luno qu'es levado? — T. Vole dire que sies luna. E coume vos pas que rigue, Jean-l'Amelo? me dises de resoun que van coume uno pougnado de póu sus uno soupo!... Lou colera es un globe!! — C. O, un globe!... E lou samenon, encaro! Eh bèn! lou sabes, aro, perqué passan li niue? — T. Oh! quento uno! Mai se vèn, sarés li proumié à lou pipa. — C. Tòu! tòu! tòu! mountan la gardo,

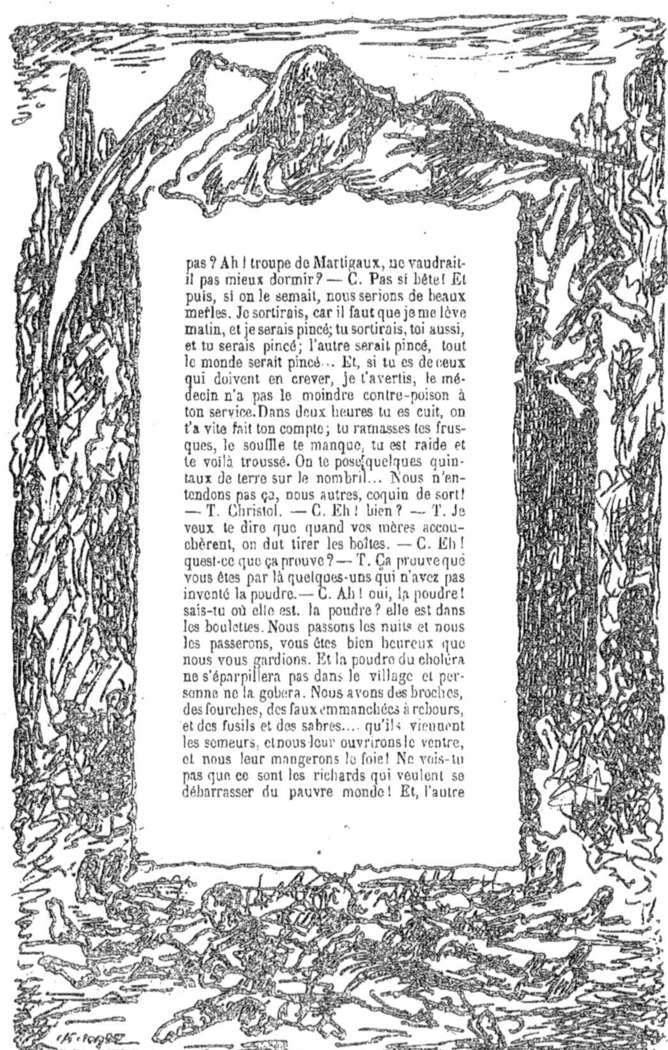

pas ? Ah ! troupe de Martigaux, ne vaudrait-il pas mieux dormir ? — C. Pas si bête ! Et puis, si on le semait, nous serions de beaux merles. Je sortirais, car il faut que je me lève matin, et je serais pincé ; tu sortirais, toi aussi, et tu serais pincé ; l'autre serait pincé, tout le monde serait pincé... Et, si tu es de ceux qui doivent en crever, je t'avertis, le médecin n'a pas le moindre contre-poison à ton service. Dans deux heures tu es cuit, on t'a vite fait ton compte ; tu ramasses tes frusques, le souffle te manque, tu est raide et te voilà troussé. On te pose quelques quintaux de terre sur le nombril... Nous n'entendons pas ça, nous autres, coquin de sort ! — T. Christol. — C. Eh ! bien ? — T. Je veux te dire que quand vos mères accouchèrent, on dut tirer les boîtes. — C. Eh ! quest-ce que ça prouve ? — T. Ça prouve que vous êtes par là quelques-uns qui n'avez pas inventé la poudre. — C. Ah ! oui, la poudre ! sais-tu où elle est. la poudre ? elle est dans les boulettes. Nous passons les nuits et nous les passerons, vous êtes bien heureux que nous vous gardions. Et la poudre du choléra ne s'éparpillera pas dans le village et personne ne la gobera. Nous avons des broches, des fourches, des faux emmanchées à rebours, et des fusils et des sabres.... qu'ils viennent les semeurs, et nous leur ouvrirons le ventre, et nous leur mangerons le foie ! Ne vois-tu pas que ce sont les richards qui veulent se débarrasser du pauvre monde ! Et, l'autre

fasèn patrouio... — T. Perqué lou samenon pas ? Ah ! chourmo de Martegau, vaudrié pas mies que dourmiguessias? — C. Pas tant viedase ! E pièi se lou samenavon, sarian pas de poulit merle ? Sourtiriéu, que fau que me lève matin, e lou pipariéu ; sourtiriés, tu peréu, e lou pipariés ; l'autre lou piparié, tòuti lou piparian ! E bouto ! se sies d'aquéli que fau que crèbon, lou medecin te douno pas la contro-pouisoun . Dins dos ouro sies cue ; t'an lèu fa toun comte ; acampes ti pato ; l'alen te manco, vires de palo, sies troussa ; te meton quàuqui quintau de terro sus l'embourigo .. Es que, n'entendèn pas acò d'aqui, nautre, malan de sort ! — T. Çristòu ! — C. Eh bèn? — T. Vouliéu te dire que, quand vòsti maire s'ajaguèron, se deguè tira li bouito. — C. E que provo ? — T. Provo que sias aqui quàuquis-un que n'avès pas enventa la poudro. — C. Ah ! vai ! la poudro, sabes ounte èi, la poudro ? es dins li globe....Passan li niue. e li passaren ! Sias bèn urous que vous gardan ! E la poudro dóu colera s'esparpaiara pas dins lou vilage, e res la piparen. Avèn d'àsti, de fourco, de fourcat, de daio manchado de rebous, de fusiéu emé de sabre.... Vèngon li samenaire ! se ie durbèn pas lou vèntre e se ie manjan pas la fruchaio !... Veses pas qu'es li riche, li gros catau, que se volon desfaire

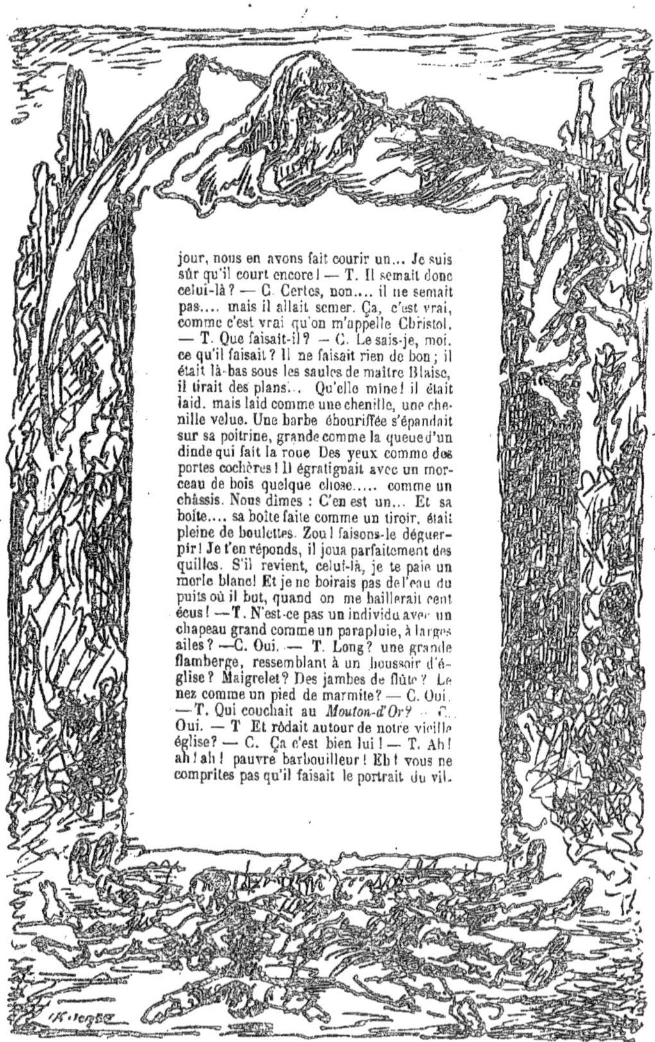

jour, nous en avons fait courir un... Je suis sûr qu'il court encore! — T. Il semait donc celui-là? — C. Certes, non.... il ne semait pas.... mais il allait semer. Ça, c'est vrai, comme c'est vrai qu'on m'appelle Christol. — T. Que faisait-il? — C. Le sais-je, moi, ce qu'il faisait? Il ne faisait rien de bon; il était là-bas sous les saules de maître Blaise, il tirait des plans... Qu'elle mine! il était laid, mais laid comme une chenille, une chenille velue. Une barbe ébouriffée s'épandait sur sa poitrine, grande comme la queue d'un dinde qui fait la roue. Des yeux comme des portes cochères! Il égratignait avec un morceau de bois quelque chose..... comme un châssis. Nous dîmes : C'en est un... Et sa boîte.... sa boîte faite comme un tiroir, était pleine de boulettes. Zou! faisons-le déguerpir! Je t'en réponds, il joua parfaitement des quilles. S'il revient, celui-là, je te paie un merle blanc! Et je ne boirais pas de l'eau du puits où il but, quand on me baillerait cent écus! — T. N'est-ce pas un individu avec un chapeau grand comme un parapluie, à larges ailes? — C. Oui. — T. Long? une grande flamberge, ressemblant à un goupillon d'église? Maigrelet? Des jambes de flûte? Le nez comme un pied de marmite? — C. Oui. — T. Qui couchait au *Mouton-d'Or*? — C. Oui. — T. Et rôdait autour de notre vieille église? — C. Ça c'est bien lui! — T. Ah! ah! ah! pauvre barbouilleur! Eh! vous ne comprites pas qu'il faisait le portrait du vil-

dóu paure mounde? E l'autro vesperado, n'en faguerian landa un !... Siéu segur que lando encaro! — T. Alor samenavo, aquéu? — C. Ehèi! noun, samenavo pas, mai... anavo samena! Acò's autant bèn verai coume me dison Cristòu. — T. E que fasié? — C. Lou sabe, iéu, ço que fasié? Foutimassejavo. Èro eila de-long de la ribo, souto li sause de Mèste Blàsi. Tiravo de plan. Queto mino! Èro laid coume uno toro di pelouso. Uno barbo esgarussido, e que s'esparpaiavo sus soun pitre, grando coume la co d'uno dindo, quand fai la bello; d'iue coume lou pourtau! Grafignavo, em'un tros de bos, uno besougno coume un chassis. Diguerian : N'es un! E avié soun massapan, que semblavo un tiradou, plen de globe!... Zóu! fasen lou courre. E te responde que jouguè di quiho coume se dèu. S'aquéu tourno, ie pague un merle blanc! E béuriéu pas de l'aigo dóu pous ounte beguè, quand me baièsson cènt escut! — T. N'es pas un em'un capèu que s'emblavo un paro-plueio... à grandis alo?.. — C. Si. — T. Long? un grand escamandre d'ome que sèmblo uno destarinadouiro de glèiso? meigrinèu? de cambo de flahuto? lou nas coume un pèd d'oulo? — C. Si. — T. Que couchavo au *Móutoun d'or?* — C. Si. — T. Que virouiavo à l'entour de noste vièio glèiso? —

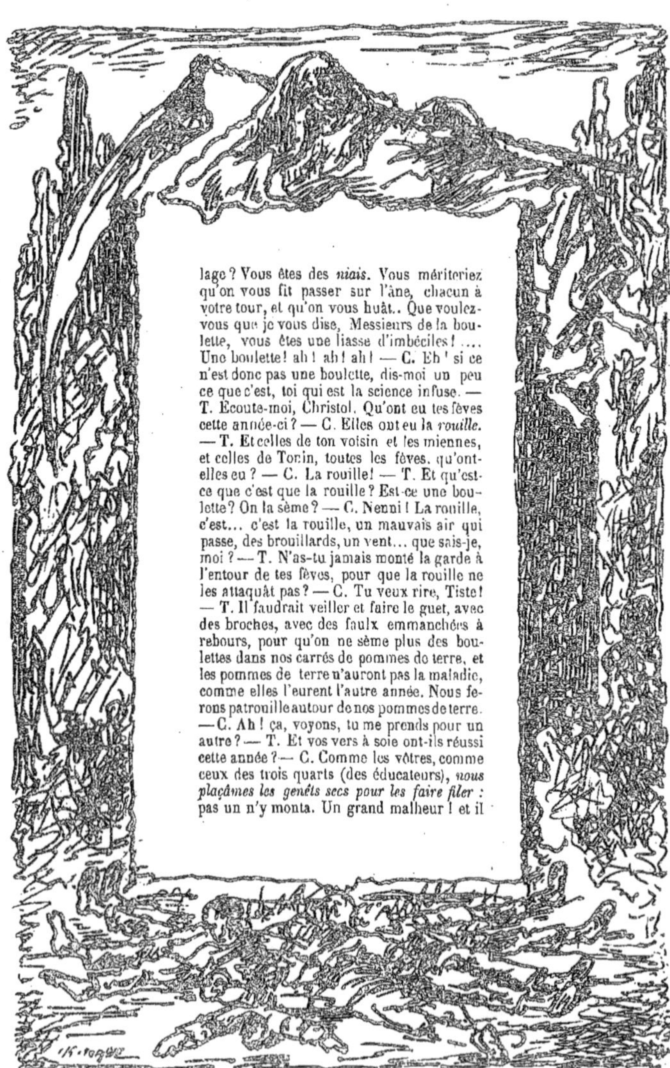

lage ? Vous êtes des *niais*. Vous mériteriez qu'on vous fit passer sur l'âne, chacun à votre tour, et qu'on vous huât.. Que voulez-vous que je vous dise, Messieurs de la boulette, vous êtes une liasse d'imbéciles ! .... Une boulette ! ah ! ah ! ah ! — C. Eh ! si ce n'est donc pas une boulette, dis-moi un peu ce que c'est, toi qui est la science infuse. — T. Ecoute-moi, Christol. Qu'ont eu tes fèves cette année-ci ? — C. Elles ont eu la *rouille*. — T. Et celles de ton voisin et les miennes, et celles de Tonin, toutes les fèves, qu'ont-elles eu ? — C. La rouille ! — T. Et qu'est-ce que c'est que la rouille ? Est-ce une boulette ? On la sème ? — C. Nenni ! La rouille, c'est... c'est la rouille, un mauvais air qui passe, des brouillards, un vent... que sais-je, moi ? — T. N'as-tu jamais monté la garde à l'entour de tes fèves, pour que la rouille ne les attaquât pas ? — C. Tu veux rire, Tiste ! — T. Il faudrait veiller et faire le guet, avec des broches, avec des faulx emmanchées à rebours, pour qu'on ne sème plus des boulettes dans nos carrés de pommes de terre, et les pommes de terre n'auront pas la maladie, comme elles l'eurent l'autre année. Nous ferons patrouille autour de nos pommes de terre. — C. Ah ! ça, voyons, tu me prends pour un autre ? — T. Et vos vers à soie ont-ils réussi cette année ? — C. Comme les vôtres, comme ceux des trois quarts (des éducateurs), *nous plaçâmes les genêts secs pour les faire filer :* pas un n'y monta. Un grand malheur ! et il

C. Acò's bèn éu ! — T. Ah ! ah ! ah ! paure pintourlejaire !... Eh ! veguerias pas que tiravo lou retra dóu vilage ! Sias de bèus espòusso-ensalado ! Meritarias bèn que vous faguèsson passa sus l'ase, cadun à voste tour, que vous faguèsson la bramado e que vous estoupinèsson. Que voulès que vous digue, Moussu dóu Globe ? sias uno liasso de bedigas ! Lou colera es un globe ! un globe !! Ah ! ah ! ah ! — C. E s'èi pas un globe digo-me de-qu'èi, tu que creses de tout saupre. — T. Escouto-me, Cristòu. De-qu'an agu ti favo, aquesto an ? — C. An agu lou rouvi. — T. E aquéli de toun vesin, li miéuno, aquéli de Tounin, touti li favo, de qu'an agu ? — C. Lou rouvi. — T. E qu'èi lou rouvi ?.. Es un globe ? lou samenon ? — C. Noun. Lou rouvi. . es lou rouvi... un marrit èr que passo, uno nèblo, un vènt... que sabe iéu ? — T. As jamai mounta la gardo à l'entour de ti favo, pèr que lou rouvi lis agarriguèsse pas ? — C. Vos rire, Tisto ! — T. Faudra viha e faire la gaito emé d'àsti, emé de daio manchado de rebous, pèr que samenon plus de globe dins nòsti taulo de tartifle ; e li tartifle auran plus lou mau, coume l'aguèron l'autre an. Faren patrouio à l'entour de nòsti tartifle. — C. Asso ! mai, me prenes dounc pèr un darut ? — T. E vòsti magnan, an réussi, aquest an ? — C. Coume li

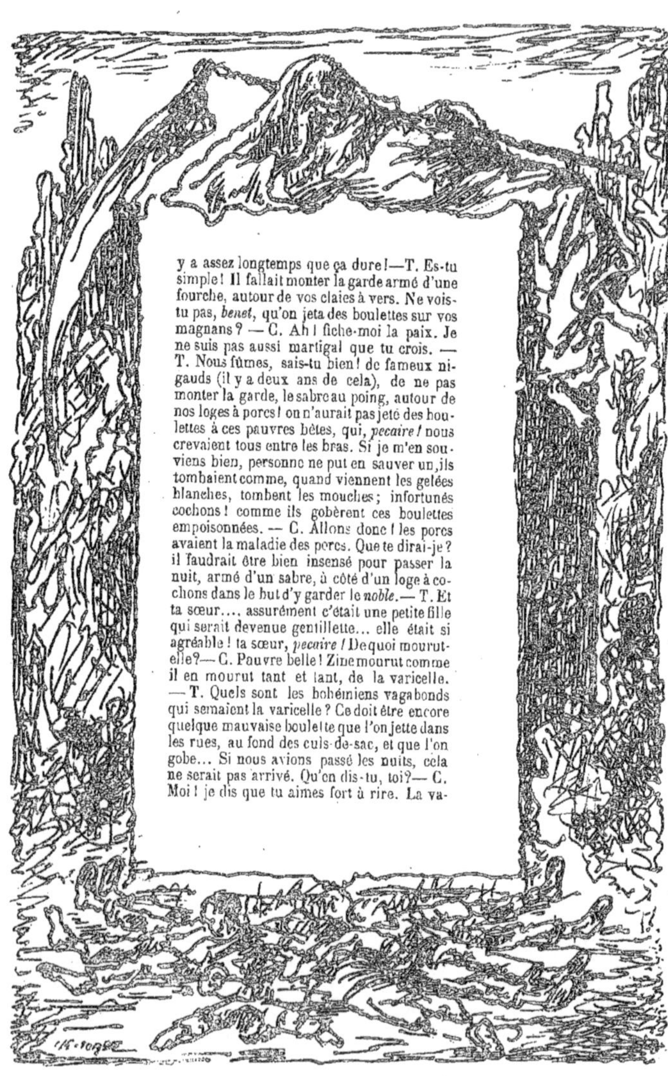

y a assez longtemps que ça dure! — T. Es-tu simple! Il fallait monter la garde armé d'une fourche, autour de vos claies à vers. Ne vois-tu pas, *benet*, qu'on jeta des boulettes sur vos magnans? — C. Ah! fiche-moi la paix. Je ne suis pas aussi martigal que tu crois. — T. Nous fûmes, sais-tu bien! de fameux nigauds (il y a deux ans de cela), de ne pas monter la garde, le sabre au poing, autour de nos loges à porcs! on n'aurait pas jeté des boulettes à ces pauvres bêtes, qui, *pecaire!* nous crevaient tous entre les bras. Si je m'en souviens bien, personne ne put en sauver un, ils tombaient comme, quand viennent les gelées blanches, tombent les mouches; infortunés cochons! comme ils gobèrent ces boulettes empoisonnées. — C. Allons donc! les porcs avaient la maladie des porcs. Que te dirai-je? il faudrait être bien insensé pour passer la nuit, armé d'un sabre, à côté d'un loge à cochons dans le but d'y garder le *noble*. — T. Et ta sœur.... assurément c'était une petite fille qui serait devenue gentillette... elle était si agréable! ta sœur, *pecaire!* De quoi mourut-elle? — C. Pauvre belle! Zine mourut comme il en mourut tant et tant, de la varicelle. — T. Quels sont les bohémiens vagabonds qui semaient la varicelle? Ce doit être encore quelque mauvaise boulette que l'on jette dans les rues, au fond des culs-de-sac, et que l'on gobe... Si nous avions passé les nuits, cela ne serait pas arrivé. Qu'en dis-tu, toi? — C. Moi! je dis que tu aimes fort à rire. La va-

vostre, coume aquéli di tres quart. Engenesterian : n'en mountè pas un. Un gros malur! e i'a proun tèms qu'acò duro! — T. Sies badalas! Falié mounta la gardo em'un fourcat à l'entour de vòsti canisso. Veses pas, pelòfi, que jitèron de globe sus vòsti magnan?... C. Ah! lèvo-te d'aqui, lèvo! Siéu pièi pas tant Martegau que ço que creses! — T. Sabes que fuguerian de bèu tarnagas, — i'a d'acoto un parèu d'an, — de pas mounta la gardo em'un sabre à l'entour de nòsti pouciéu! Aurien pas jita de globe à nòsti porc, que, pechaire! nous crebavon tóuti entre li bras. Se te n'ensouvènes, res n'en pousquè abari un. Toumbavon coume li mousco eiça quand vènon li plòuvino. Pàuri porc! coume li pipèron, aquéli pouisoun de globe! — C. Ehèi! li porc avien lou mau di porc. Que vos que te digue? faudrié èstre proun dessena pèr passa li niue, em'un sabre, contro un pouciéu, pèr ie garda lou noble! — T. E ta sorre, qu'èro segur uno chato qu'aurié fach uno bravo femeto e qu'agradavo, ta sorre, pecaire! de que mouriguè? — C. Pauro bello!... Zino mouriguè, coume n'en mouriguè tant e tant, de la veirouleto. – T. Quau soun aquéli bòumian que samenavon la veirouleto! Acò d'aqui dèu mai èstre quauque marrit globe que jiton pèr carriero, dins li quiéu-de-sa, e que se pipo!.. S'avian passa de

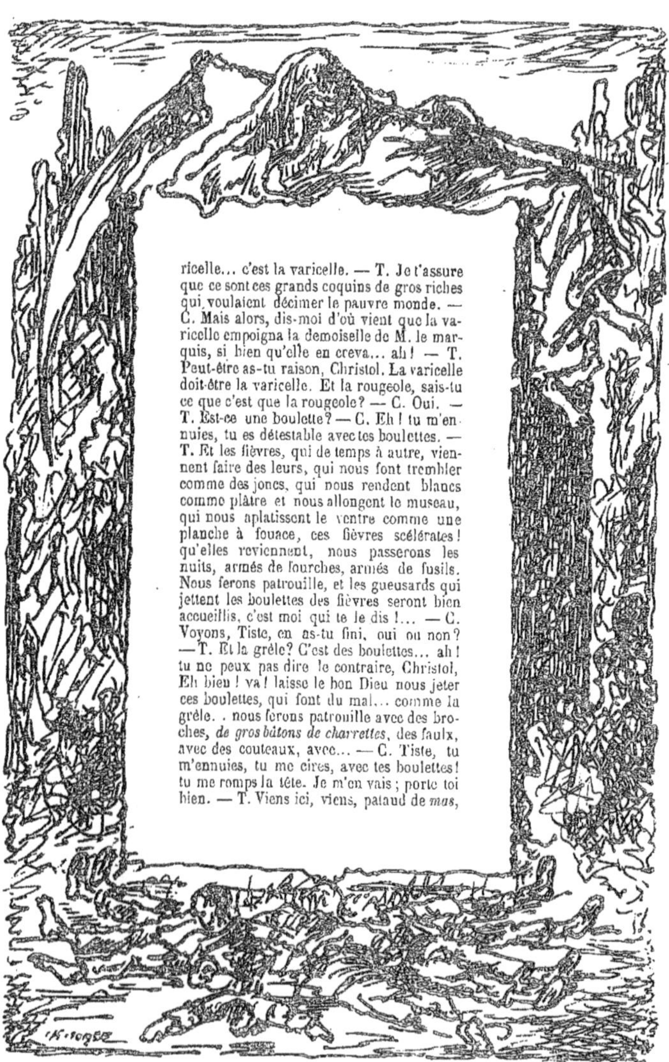

ricelle... c'est la varicelle. — T. Je t'assure que ce sont ces grands coquins de gros riches qui voulaient décimer le pauvre monde. — C. Mais alors, dis-moi d'où vient que la varicelle empoigna la demoiselle de M. le marquis, si bien qu'elle en creva... ah! — T. Peut-être as-tu raison, Christol. La varicelle doit être la varicelle. Et la rougeole, sais-tu ce que c'est que la rougeole? — C. Oui. — T. Est-ce une boulette? — C. Eh! tu m'ennuies, tu es détestable avec tes boulettes. — T. Et les fièvres, qui de temps à autre, viennent faire des leurs, qui nous font trembler comme des jones, qui nous rendent blancs comme plâtre et nous allongent le museau, qui nous aplatissent le ventre comme une planche à fouace, ces fièvres scélérates! qu'elles reviennent, nous passerons les nuits, armés de fourches, armés de fusils. Nous ferons patrouille, et les gueusards qui jettent les boulettes des fièvres seront bien accueillis, c'est moi qui te le dis!... — C. Voyons, Tiste, en as-tu fini, oui ou non? — T. Et la grêle? C'est des boulettes... ah! tu ne peux pas dire le contraire, Christol, Eh bien! va! laisse le bon Dieu nous jeter ces boulettes, qui font du mal... comme la grêle. . nous ferons patrouille avec des broches, *de gros bâtons de charrettes*, des faulx, avec des couteaux, avec... — C. Tiste, tu m'ennuies, tu me cires, avec tes boulettes! tu me romps la tête. Je m'en vais; porte toi bien. — T. Viens ici, viens, pataud de *mas*,

niue, acò-d'aqui sarié pas arriba... Que n'en dises, tu? — C. Iéu? dise que sies un fouligaud. La veirouleto... es la veirouleto. — T. Te dise qu'èro aquéli couquinas de gros catau que voulien esclargi li pàuri paure... — C. Alor, digo-me d'ounte vèn que la veirouleto agantè la damisello de Moussu lou Marqués, e que n'en crebè... Ah! — T. As belèu resoun, Cristòu! la veirouleto dèu èstre la veirouleto... E lou senepioun, sabes ço qu'èi. lou senepioun? — C. O. — T. Es un globe? — C. Eh! m'enfètes, me vènes en òdi, emé ti globe! — T. E li fèbre, que, de tèms en tèms, vènon faire di siéuno, que nous fan tremoula coume de jounc; que nous engipon e nous apounchon lou mourre; que nous fan un vèntre plat coume un post de fougasso; aquéli couquino de fèbre, vèngon-ie mai! Passaren li niue emé de fourco, emé de fusiéu; faren patrouio. E li gusas que jiton li globe di fèbre, saran bèn reçaupu, es iéu que te lou dise!... — C. Anen! Tisto, finiras o finiras pas? — T. E la grelo, es de globe... Ah! pos pas dire lou countrari, Cristòu. Eh bèn! vai, laisso que lou bon Diéu nous jite aquéli globe, que fan de mau... coume la grelo! faren patrouio emé d'àsti, emé de rounco, emé de daio, emé de coutèu, emé... — C. Tisto, me vènes en òdi, t'ai di, emé ti globe! me roumpes lou

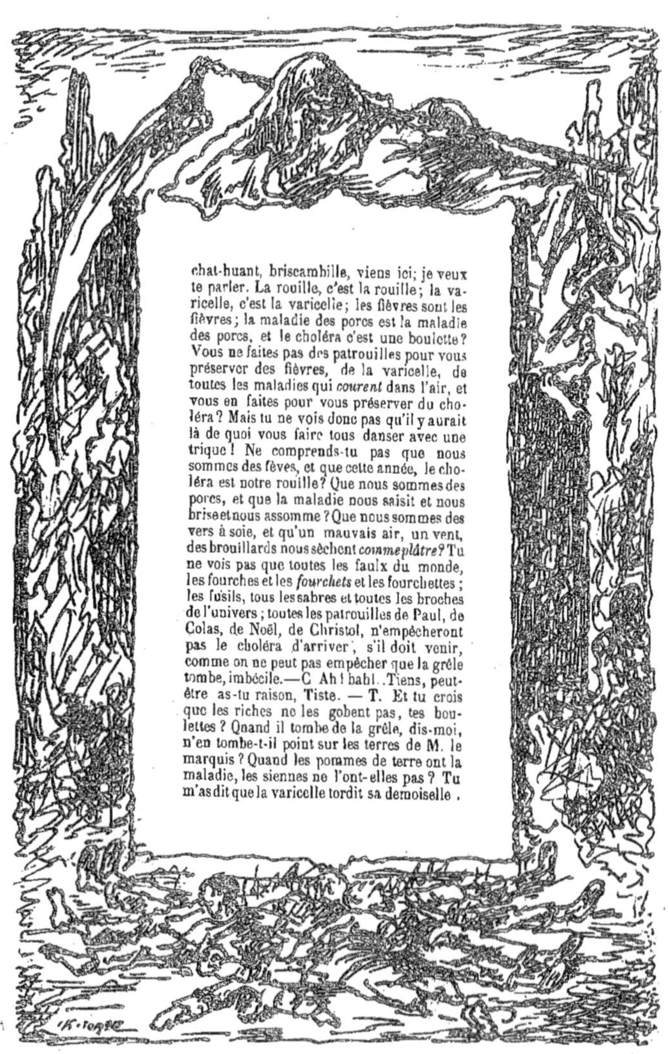

chat-huant, briscambille, viens ici; je veux te parler. La rouille, c'est la rouille; la varicelle, c'est la varicelle; les fièvres sont les fièvres; la maladie des porcs est la maladie des porcs, et le choléra c'est une boulette? Vous ne faites pas des patrouilles pour vous préserver des fièvres, de la varicelle, de toutes les maladies qui *courent* dans l'air, et vous en faites pour vous préserver du choléra? Mais tu ne vois donc pas qu'il y aurait là de quoi vous faire tous danser avec une trique! Ne comprends-tu pas que nous sommes des fèves, et que cette année, le choléra est notre rouille? Que nous sommes des porcs, et que la maladie nous saisit et nous briseetnous assomme? Que nous sommes des vers à soie, et qu'un mauvais air, un vent, des brouillards nous sèchent *commeplâtre?* Tu ne vois pas que toutes les faulx du monde, les fourches et les *fourchets* et les fourchettes; les fusils, tous les sabres et toutes les broches de l'univers; toutes les patrouilles de Paul, de Colas, de Noël, de Christol, n'empêcheront pas le choléra d'arriver, s'il doit venir, comme on ne peut pas empêcher que la grêle tombe, imbécile.— C. Ah! bah!..Tiens, peut-être as-tu raison, Tiste. — T. Et tu crois que les riches ne les gobent pas, tes boulettes? Qnand il tombe de la grêle, dis-moi, n'en tombe-t-il point sur les terres de M. le marquis? Quand les pommes de terre ont la maladie, les siennes ne l'ont-elles pas? Tu m'as dit que la varicelle tordit sa demoiselle.

cascavèu!... M'envau, tèn-te gaiard. — T. Vène eici, vène, panto de mas, béu-l'òli, brescambiho, vène eici que te parle. Lou rouvi es lou rouvi; la veirouleto es la veirouleto; li fèbre soun li fèbre; lou mau di porc es lou mau di porc.... e lou colera es un globe? Fasès pas patrouio pèr vous engarda di fèbre, de la veirouleto, de tòuti li malandro que courron pèr l'èr, e la fasès pèr vous engarda dóu colera? Mai, vesès pas que i'aurié de que vous faire tòuti dansa 'm' uno barro! Coumprenes pas que sian de favo, e qu'aquest an, lou colera es noste rouvi? que sian de porc, e que lou mau nous arrapo, nous amalugo e nous ensuco? que sian de magnan, e qu'un marrit èr, un vènt, uno nèblo nous engipo?... Veses pas que tòuti li daio dóu mounde, li fourco, li fourcat, li fourquello; tòuti li fusiéu, tòuti li sabre e tòuti lis àsti de l'univers; tòuti li patrouio de Pauloun, de Coulau, de Nouvè, de Cristòu, empacharan pas lou colera de veni, — se dèu veni, — coume se pòu pas empacha que la grelo toumbe, gargamelas! — C. Hoi! tè!.... Ah! bèn! as belèu resoun, Tisto! — T. E creses que li riche li pipon pas, ti globe? Escouto-me. Quand toumbo de granisso, digo, n'en toumbo gens sus li terro de Moussu lou Marquès? Quand li tartifle an lou mau, li siéu l'an pas? M'as di que la veirouleto troussè

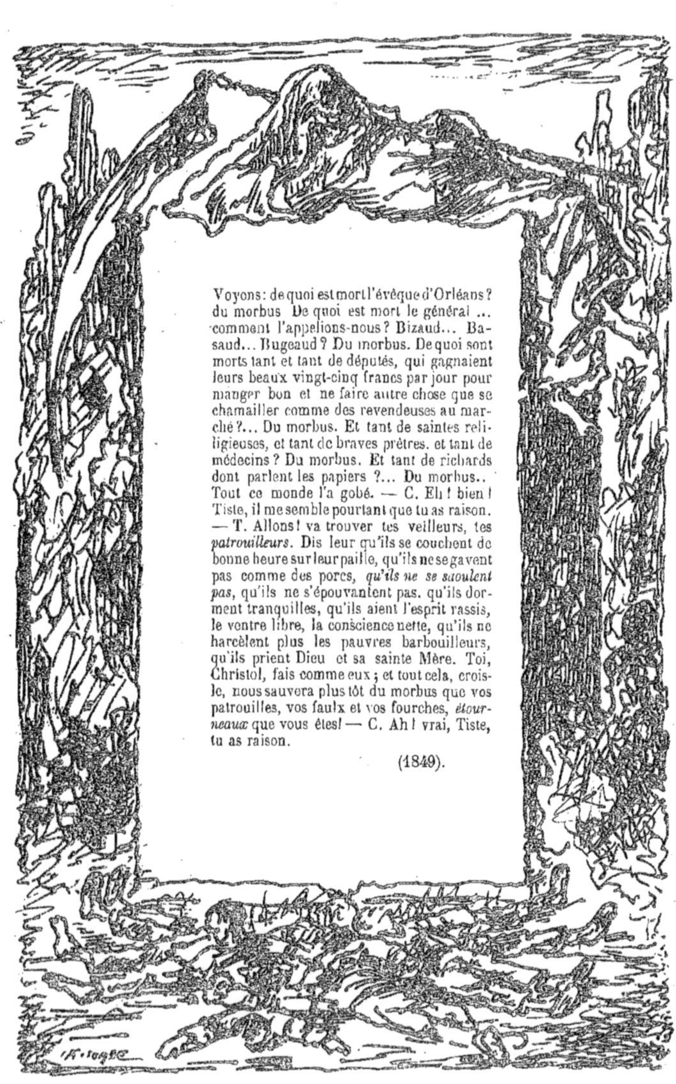

Voyons : de quoi est mort l'évêque d'Orléans ? du morbus De quoi est mort le général ... comment l'appelions-nous ? Bizaud... Basaud... Bugeaud ? Du morbus. De quoi sont morts tant et tant de députés, qui gagnaient leurs beaux vingt-cinq francs par jour pour manger bon et ne faire autre chose que se chamailler comme des revendeuses au marché ?... Du morbus. Et tant de saintes religieuses, et tant de braves prêtres, et tant de médecins ? Du morbus. Et tant de richards dont parlent les papiers ?... Du morbus.. Tout ce monde l'a gobé. — C. Eh ! bien ! Tiste, il me semble pourtant que tu as raison. — T. Allons ! va trouver tes veilleurs, tes *patrouilleurs*. Dis leur qu'ils se couchent de bonne heure sur leur paille, qu'ils ne se gavent pas comme des porcs, *qu'ils ne se saoulent pas*, qu'ils ne s'épouvantent pas, qu'ils dorment tranquilles, qu'ils aient l'esprit rassis, le ventre libre, la conscience nette, qu'ils ne harcèlent plus les pauvres barbouilleurs, qu'ils prient Dieu et sa sainte Mère. Toi, Christol, fais comme eux ; et tout cela, crois-le, nous sauvera plus tôt du morbus que vos patrouilles, vos faulx et vos fourches, *étourneaux* que vous êtes ! — C. Ah ! vrai, Tiste, tu as raison.

(1849).

sa damisello... Veguen : de qu'es mort l'Evesque d'Ourleans? dòu morbus. De qu'es mort lou grand generau, coume ie disian? Bizaud... Basaud... Bugeaud? dòu morbus. De que soun mort uno ribambello de deputa, que gagnavon si bèu 25 franc cade jour, pèr manja bon, pèr rèn faire que se disputa coume de repetiero à la Plaço? dou morbus. E tant de sànti mounjo, e tant de bràvi capelan, e tant de medecin? dòu morbus. E tant de richas que li papié dison? dòu morbus... Tout acò l'a pipa. — C. Eh bèn! Tisto, me sèmblo pamens qu'as resoun... — T. Ah! vai atrouva ti vihaire, ti patrouiaire. Digo-ie que s'empaion de bono ouro, que manjon pas coume de porc, que s'empegon pas coume de lignòu, que s'espavourdigon pas; digo-ie que labouron, que manjon, que begon, que dormon tranquile; qu'agon l'esprit siau, lou vèntre libre e la counsciènci neto; que secuton plus li pàuri pintourlejaire; que prègon Diéu e sa santo Maire. Tu, Cristòu, fai coume éli... E tout acò, crese-lou, nous sauvara pus lèu dòu morbus, que vòsti patrouio, vòsti daio e vòsti fourcat, tourtouire! — C. Eh bèn! ve, m'es avis qu'as resoun, Tisto!

(1849)

X

www.ingramcontent.com/pod-product-compliance
Ingram Content Group UK Ltd.
Pitfield, Milton Keynes, MK11 3LW, UK
UKHW020431180726
13839UKWH00003B/1422